HENRI CHANTAVOINE

POËMES SINCÈRES

FOYER — PATRIE — ÉVANGILE

C · L

PARIS

CALMANN LÉVY, EDITEUR

ANCIENNE MAISON MICHEL LÉVY FRÈRES

RUE AUBER, 3, ET BOULEVARD DES ITALIENS, 15

A LA LIBRAIRIE NOUVELLE

1877

POËMES SINCÈRES

PARIS. — Impr. J. CLAYE. — A. QUANTIN et Ce, rue St-Benoît. [391]

POËMES SINCÈRES

FOYER — PATRIE — ÉVANGILE

PAR

HENRI CHANTAVOINE

C · L

PARIS
CALMANN LÉVY, ÉDITEUR
ANCIENNE MAISON MICHEL LÉVY FRÈRES
RUE AUBER, 3, ET BOULEVARD DES ITALIENS, 15
A LA LIBRAIRIE NOUVELLE

1877

AVERTISSEMENT

Au milieu de l'époque troublée que nous traversons, un volume de vers, signé d'un nom inconnu, ressemble pour ainsi dire à un chant d'oiseau dans l'orage. On risque fort de ne pas l'entendre, et les hommes agités par leurs passions ou préoccupés par leurs intérêts n'ont guère le loisir de l'écouter.

L'auteur de ce livre ne s'est pas dissimulé l'écueil où viendront peut-être échouer lui et son œuvre. Mais il est jeune, il a en lui la confiance, l'audace et, si l'on veut, la présomption de la jeunesse. D'illustres amitiés ou de généreuses sympathies ont encore excité son courage et triomphé de ses dernières hésitations. Il a donc réuni quelques-uns de ses vers de jeune homme et il les offre aujourd'hui au public comme à son juge naturel dont il attend et respecte par avance la décision, quelle qu'elle soit.

L'auteur n'a point à dire ce qu'il a fait : on critiquerait, et à bon droit, une appréciation portée par lui sur lui-même. Il voudrait seulement, et en très-peu de mots, expliquer ce qu'il a voulu faire.

Le titre de ce livre suffit d'ailleurs à en indiquer le caractère, à en préciser la nature et, si le mot n'est pas trop ambitieux, à révéler ce qu'il peut avoir d'original. L'auteur estime que l'*originalité*, en poésie comme dans toutes les branches de l'art, consiste moins à trouver du nouveau, et à tout prix, n'en fût-il plus au monde, qu'à exprimer d'une manière neuve et personnelle des idées toujours justes et des sentiments toujours vrais.

Il est en cela de l'école de Boileau, et il ne s'en défend pas, ou plutôt il est de l'école du bon sens, qui est, suivant un philosophe, la chose du monde la mieux partagée.

L'auteur, pour jeune qu'il soit, est père de famille à un âge où on n'est encore que fils de famille, quand on s'est donné la peine de naître.

Il est en outre attaché à son foyer, à sa patrie, à sa religion (la religion de l'Évangile), par un amour ardent et un peu exclusif, ce qui, aux yeux de plusieurs personnes, est peut-être un triple ridicule.

Voici maintenant, pour achever sa confession, quelles sont ses opinions littéraires. Il a appris, dès le collége, à admirer les chefs-d'œuvre classiques, et depuis il s'en est toujours tenu à ces premières admirations. Skakspeare et Gœthe, les grands poëtes du XIXe siècle, Lamartine, Victor Hugo, A. de Musset, lui ont fait connaître d'autres jouissances, mais sans le rendre indifférent ou infidèle aux maîtres qu'il avait tout d'abord connus et aimés.

A part quelques noms justement célèbres et quelques œuvres d'un mérite incontesté, le Parnasse contemporain l'a trouvé, jusqu'à présent, peu enthousiaste. Il s'en accuse—et s'en excuse. En revanche, la *Fille de Roland* de M. de Bornier, *Rome vaincue* de M. Parodi, l'*Hetman* de M. Déroulède, et, pour parler de leurs devanciers illustres, le théâtre de MM. Augier, Dumas et Sardou, les romans de Balzac, de George Sand, d'Octave Feuillet, toutes les œuvres enfin, où l'on sent quelqu'un et où l'on apprend quelque chose, n'ont pas d'auditeur plus ému ni de lecteur plus passionné.

Tous, en effet, à un degré divers et d'une manière différente, ont été de leur temps et de leur pays. Le jeune homme inconnu auquel on reprochera sans doute d'avoir cité dans une obscure préface tant de noms glorieux, comme pour profiter du voisinage, n'a pas essayé de faire autre chose en chantant de sa faible voix ce qui représente pour lui, la Foi, l'Espérance et la Charité, c'est-à-dire la Famille, à laquelle il nous faut croire plus que jamais et qui résume en elle toutes nos croyances, la Patrie, pour laquelle nous devons espérer des jours meilleurs, l'Évangile enfin qui, dans la crise sociale où nous sommes, fait entendre à chacun de nous cette parole du divin Maître : Aimez-vous les uns les autres.

Le volume de vers que l'auteur présente au public est inspiré de ces sentiments. — Que son jugement lui soit doux, ou tout au moins que son oubli lui soit léger !

H. C.

Février 1877.

AU LECTEUR

Loin des poëtes à fracas,
Rimeur obscur, à petits pas,
Je suis ma route,
Heureux si je trouve en chemin
Un passant qui m'offre la main
Et qui m'écoute.

Auprès du foyer triomphant,
Entre ma femme et mon enfant,
Mon humble muse,
Pour mon plaisir, et pour le tien,
Ami lecteur, si tu veux bien,
Rit et s'amuse.

Elle s'égaie en liberté,
Légère sans frivolité
Et sans malice,
Et s'envole le plus souvent,
Au hasard, où souffle le vent
De son caprice.

Rassure-toi, ce n'est jamais
Sur d'inabordables sommets
Que je me pose ;
Mes ailes pourraient m'y porter,

Que j'hésiterais à monter,
D'ailleurs je n'ose.

Le Parnasse où vont nos auteurs
Me paraît être à des hauteurs
Où l'on s'égare;
J'en ai vu s'élever beaucoup
Qui bientôt se rompaient le cou,
Tout comme Icare.

En sont-ils fiers? Je n'en sais rien.
Mais ce qu'en somme je sais bien,
C'est que la foule,
Qu'ils regardent de haut en bas,
Passe à leurs pieds, ne les voit pas,
Et puis s'écoule.

Ami lecteur, je suis quelqu'un
Qui ne trouve rien de commun

Que la sottise;
Ma muse, à raison soit à tort,
Étant bourgeoise, craindrait fort
D'être incomprise.

Tu seras peut-être surpris,
Mais j'ai toujours très-mal compris
Le grand mystère
Qu'allaient chercher dans l'infini
Tous ces aigles qui font leur nid
Si loin de terre.

Terre à terre, contre le sol,
Ami lecteur, je prends mon vol,
Et je m'arrête
Plus volontiers dans le sillon
Où j'entends chanter le grillon
Et l'alouette.

« Tout est dit et l'on vient trop tard! »
Est-ce bien sûr? Et le grand art
Est-il de faire
Ce que personne n'aura fait,
Ou de reprendre un vieux sujet
A sa manière?

N'est-il plus rien que l'on n'ait vu?
Le monde est-il si dépourvu
De poésie,
Qu'on ne puisse en le regardant
Amuser encore un instant
Sa fantaisie?

La Chine est un pays charmant:
Aller en Chine assurément
C'est quelque chose,
Ou bien dans l'Inde, à Calcutta,

Mettre le Mahabhârata
En vers ou prose.

Ami lecteur, restons chez nous;
Le métier de planteur de choux
N'est point si bête :
On nous tiendra pour gens de peu,
Nous en rirons au coin du feu
En tête-à-tête.

Fuir le mal et chercher le bien,
Ouvrir mon cœur, montrer au tien
Ce que je pense,
Sans autre orgueil que d'obtenir
La faveur de ton souvenir
Pour récompense;

Voilà mon rêve, ami lecteur :
Maintenant tu connais l'auteur.

Ouvre son livre;
Bon ou mauvais, il est à toi;
C'est une œuvre de bonne foi
Que je te livre.

I

LE FOYER

HOMMAGE

Chanson, va trouver Amour, et avec
lui va te présenter devant ma dame.

(Dante, *Vita nuova*)

J'ai lu dans un livre très-vieux,
Mais l'histoire est toujours nouvelle,
Qu'un page avait levé les yeux
Sur une noble damoiselle.

Solitaire, il rêva longtemps
A sa chimère bien-aimée,
Mais son cœur chantait en dedans,
Comme une volière fermée.

Il y songeait matin et soir,
A tous les vents jetait sa peine,
Fou de crainte et tremblant d'espoir,
Il battait le bois et la plaine.

Mais, comme il s'en faut rapporter
En toute chose aux hommes d'âge,
Un jour, il s'en fut consulter
Un enchanteur du voisinage.

Le sorcier lui dit : « Mon enfant,
Allez demain dans la prairie
Cueillir des fleurs, et triomphant
Apportez-les à votre amie.

Car ces fleurettes, mieux que vous,
Diront ce que vous vouliez dire,
Il n'est pas de parler plus doux
Ni de plus charmant à traduire. »

Le page alors, plus enhardi
Envoya, la même semaine,
C'était — je crois — un samedi,
Son bouquet chez la châtelaine.

Il osa joindre de sa main
Une chanson fraîche poussée
Qui s'était trouvée un matin
Avoir fleuri dans sa pensée.

La légende dit que ses doigts
Tremblèrent en cachant la lettre,
Et qu'il se reprit à deux fois
Avant de savoir où la mettre.

. . . .

Mais lorsque je comptais enfin
Achever le roman du page,
Je dus finir — avant la fin —
Il manquait la dernière page.

Samedi 22 août 1874.

SONNET

> A chaque âme éprise, à tout noble cœur à qui ce présent sonnet parviendra, afin qu'ils en disent leur avis, salut !
>
> (DANTE, *Vita nuova*.)

Ne redire qu'un nom, vivre d'une pensée,
Avoir songé tout bas ce beau songe, pareil
Aux douces visions des anges du sommeil,
De mettre à votre doigt l'anneau de fiancée ;

Passer ainsi les jours, l'âme toute bercée,
Murmurer jusqu'au soir et reprendre au réveil,
Comme fait l'alouette au lever du soleil,
La joyeuse chanson toujours recommencée;

Puis marcher dans la vie à ce rayon divin,
Écarter de vos pas les pierres du chemin,
Prendre pour moi la peine et me vouer sans trêve

A vous récompenser par un amour sans fin,
D'avoir laissé tomber votre main dans ma main,
Voilà ce que j'ai vu, tout enfant, dans un rêve.

Lundi 14 septembre 1874.

AUBADE

Écoutez : l'enfant s'éveille,
Déjà sa petite main
Frissonne, et la chair vermeille
Comme l'aube du matin,

Offre sa nudité rose
Aux baisers retentissants,
Ainsi qu'une fleur éclose
Aux caresses du printemps.
    Ami, bel ami,
L'enfant n'est plus endormi.

Impatients et rebelles,
Pour écarter le rideau,
Ses bras, avec un bruit d'ailes,
S'agitent dans le berceau.

Et sur sa lèvre ingénue
Passent des mots inédits
De cette langue inconnue
Que l'on parle au Paradis.
    Ami, bel ami,
L'enfant n'est plus endormi.

L'enfant sourit à sa mère,
Et la mère dans ses yeux
A su lire le mystère
De l'appel silencieux;

Et tandis qu'à la mamelle,
Avide, le nourrisson

Boit le lait pur qui ruisselle,
Elle redit la chanson :
    Ami, bel ami,
L'enfant n'est plus endormi.

Pendant ce doux sacrifice,
Le père s'est incliné
Sur le sein de la nourrice
Et le front du nouveau-né,

Et devant son œil qui rêve
Du présent et du passé,
L'avenir joyeux se lève
Sur ce refrain cadencé :
    Ami, bel ami,
L'enfant n'est plus endormi.

BERCEUSE

La paupière demi-close,
A l'ombre du blanc rideau,
Comme un oiseau qui se pose,
L'enfant dort dans son berceau.

Le bon ange qui le veille
Le berce pour l'apaiser,
Et tout bas, à son oreille,
Lui chante dans un baiser :
Do, do, l'enfant do,
L'enfant dormira bientôt.

Au travers de la fenêtre,
Avec un bonjour joyeux,
Le soleil entre et pénètre,
Comme un voisin curieux.

On abrége sa visite
A grand renfort de volets,
Et la lumière éconduite
Éteint ses derniers reflets.
Do, do, l'enfant do,
L'enfant dormira bientôt.

Afin que l'horloge meure,
On retient le balancier,
Le lutin bruyant de l'heure
Suspend son marteau d'acier;

On n'entend que le silence
Et sur le doux oreiller

Dans la paix et l'innocence
On voit l'enfant sommeiller.
 Do, do, l'enfant do,
L'enfant dormira bientôt.

Et ses deux lèvres vermeilles
Ont un miel mystérieux
Que d'invisibles abeilles
Cueillent aux jardins des cieux,

Son haleine fraîche et pure,
Avec un rhythme charmant,
Semble le premier murmure
De son premier mot : Maman !
 Do, do, l'enfant do,
L'enfant dormira bientôt.

SOURIRE

Premier rire de l'enfant
Triomphant,
Écho des notes légères
Que les grelots argentins
Des lutins
Jettent aux vents des bruyères ;

Langage mystérieux,
Cri joyeux
De l'âme à peine éveillée,
Soupir d'oiseau dont la voix

Dans les bois
Murmure sous la feuillée ;

Extase des nouveau-nés
Étonnés,
Bienvenue à la lumière,
Et vers le sein maternel
Tendre appel
Que comprend la jeune mère;

Caresse dont le soleil,
Au réveil,
Entr'ouvre leurs lèvres roses,
Baiser du soir que la nuit
Met sans bruit
Sur leurs bouches demi-closes;

Souvenir, ou bien encor
Rêve d'or

Haleine des fleurs étranges
Que leurs yeux dans l'air léger
Voient neiger
De la corbeille des anges.

Jeu charmant, caprice ailé,
Envolé
Du manteau des bonnes Fées
Qui chantent sous les rideaux
Des berceaux
Mille chansons étouffées;

Parfum des jardins du ciel
Qu'Ariel
Dans un calice de rose
Recueille, pour égayer
L'oreiller
De son ami qui repose ;

Hymne, que le souffle pur
De l'azur
Porte à la Vierge bénie,
Gazouillements ingénus
Dont Jésus
Aime entendre l'harmonie:

Doux mystère, qui saura
Et dira
Toutes les choses charmantes
Qu'exhalent ces chérubins
Enfantins
De leurs lèvres souriantes?

Ah! riez, riez toujours,
Frais amours;
Que votre enfance candide
Ignore longtemps les pleurs

Des douleurs
Sillonnant la joue humide;

Que jamais la lourde main
Du chagrin
N'effeuille votre couronne,
Que votre nid vous soit doux,
Que sur nous
Votre sourire rayonne!

SOUVENIR

A MA SŒUR MADELEINE

L'heure que je préfère entre toutes est l'heure
Où la rue est déserte et l'air silencieux,
Où le monde s'endort comme un enfant qui pleure
Lorsque l'ange du soir vient lui fermer les yeux.

Dehors tout est paisible, et dans chaque demeure
Naissent avec la nuit mille propos joyeux
Que de son doigt léger la causerie effleure
Et qui prennent gaîment leur vol capricieux.

C'est l'heure bienfaisante où l'âme est recueillie,
Où commence pour nous la véritable vie,
Où l'aspect du foyer borne notre horizon,

Où l'on a près de soi les êtres que l'on aime,
Et si l'un d'eux nous manque, on retrouve en soi-même
Quelque chose de lui que garde la maison.

ADIEU

A MA SŒUR HÉLÈNE

Il n'est point ici-bas d'heure si fortunée
Qui ne doive finir et n'ait son lendemain;
C'est la loi de ce monde, et notre destinée
Ne veut rien d'éternel dans le bonheur humain;

Notre plus longue joie est vite terminée,
Ce n'est qu'un chant d'oiseau dans l'arbre du chemin;
L'adieu, le triste adieu vient clore la journée,
Sans qu'on ait eu le temps de se prendre la main.

Mais l'absence n'est rien quand l'amitié demeure,
Et sur les murs détruits de la frêle demeure
Où nous avons rêvé notre songe d'un jour,

La fleur du souvenir s'entr'ouvre épanouie,
Et son parfum divin embaume notre vie
De l'instant du départ à celui du retour.

LETTRE DE L'ENFANT

Sans être une grande fille,
J'ai déjà beaucoup d'esprit,
Je sais rire, je babille,
Et j'entends ce que l'on dit.

Quand on croit que je sommeille
Derrière mes rideaux blancs,
Sournoise, je tends l'oreille
Et j'écoute mes parents.

4.

Quand j'ouvre mes lèvres roses,
On ne s'en douterait pas,
Mais je pense à bien des choses
Et je me parle tout bas.

Je vous revois, quand je rêve,
Vous que j'aime, et je voudrais,
Lorsque mon rideau se lève,
Vous apercevoir auprès;

Et si je fais la méchante,
Si je crie en m'éveillant,
Si, même quand on me chante,
Je prends un air malveillant, -

C'est que, sans pouvoir le dire,
Je regrette mon sommeil
Où je croyais vous sourire,
Et je vous pleure, au réveil.

LA BÛCHE DE NOEL

Que la bûche se réjouisse,
Que tout le bien entre ici,
Que les femmes enfantent,
Que les chèvres chevrettent,
Que les brebis agnellent,
Qu'il y ait beaucoup de blé et de farine
Et du vin à pleine cuve.

(*Noël provençal.*)

La famille est réunie,
Que Jésus, le doux Seigneur,
Avec la bûche bénie
Nous apporte le bonheur;

Que pendant toute l'année
Les anges du Paradis
Veillent sur la maisonnée,
Sur les grands et les petits ;

Que bientôt la jeune mère,
Au refrain de sa chanson,
Près de l'âtre, heureuse et fière,
Allaite son nourrisson;

Que le soleil dans nos plaines
Fasse mûrir les épis,
Que nos étables soient pleines,
Que nos greniers soient remplis;

Et que toujours dans la huche
On trouve un morceau de pain,
Un peu de miel dans la ruche,
Dans la cave un broc de vin !

La famille est réunie :
Que Jésus, le doux Seigneur,
Avec la bûche bénie
Nous apporte le bonheur !

COMPLIMENT

A MADAME E. C.

Ma Muse s'est éveillée
Aujourd'hui, de bon matin,
La mine tout égayée,
L'œil vif et le front serein.

Elle avait un air de fête,
Elle chantait en rimant,
Et les rimes dans sa tête
Se tournaient en compliment.

Peut-être que l'étourdie,
Au lieu de rêver tout bas,
Se sera trop enhardie,
Mais ne le lui dites pas :

Elle se trouvait si fière
De vous présenter ses vœux,
Son hommage est si sincère
Et son cœur si radieux,

Que vous daignerez, Madame,
Accueillir avec bonté
Ma chanson, qui se réclame
De votre hospitalité.

A M. G... P...

VOYAGEANT EN ITALIE

Sic te Diva potens Cypri,
Sic fratres Helenæ, lucida sidera,
Ventorumque regat pater
Obstrictis aliis præter Japyga.

(HORACE.)

A vous, qu'en un siècle moins vieux,
Moins banal et moins envieux,
L'aimable Horace
Eût à Tibur, la coupe en main,
Fêté comme un jeune Romain
De bonne race;

A vous, qu'Atticus eût tenu
Pour un des siens, et reconnu
Vrai fils d'Athène,
Que Bavius eût évité
Mais qu'en revanche eût fort goûté
Le bon Mécène;

A vous, que je me suis permis
De mettre au nombre des amis
Que je regrette,
J'envoie au pays du soleil,
Pour saluer votre réveil,
Ma chansonnette.

Je voudrais savoir manier
La lyre d'or d'André Chénier
Ou de Virgile,
Et faire, à l'écho de ma voix,

Accourir, du fond des grands bois
De la Sicile,

Tout le chœur des bergers chantants,
Pifferari de l'ancien temps,
Qu'en une églogue,
A rendre Pollion jaloux,
J'instruirais à former pour vous
Leur dialogue.

Mais je n'ai rien de ce qu'il faut
Pour traiter un sujet si haut,
Ma poésie,
Toute de caprice et d'humeur
Est celle d'un pauvre rimeur
De fantaisie.

Je sens bien que pour m'inspirer
J'aurais besoin de m'égarer

A votre suite;
Si j'étais maître du chemin,
Comme on me verrait, dès demain,
Prendre la fuite!

Je voudrais vous accompagner,
Comme fit Mathurin Regnier
Une Éminence
Venue au pays des chapeaux
Pour demander aux Cardinaux
La préférence.

Le destin ne l'a pas voulu;
Mais du moins, après m'avoir lu,
Qu'il vous souvienne
Que, de près ou de loin, je veux
Vous suivre toujours de mes vœux,
Quoi qu'il advienne.

FANTAISIE VÉNITIENNE

Vien con mi, montemo in gondola
Andremo in mezo al mar.

(*Barcarolle.*)

Comme on voit les hirondelles,
De leurs ailes,
Fendre gaîment de l'azur
Le flot pur,

Telle, au souffle de la brise,
Dans Venise,
Effleure à peine les eaux
Des canaux,

Pareille à l'oiseau qui vole,
La gondole,
Dont le sillon passager
Et léger

Laisse, en fuyant, une trace
Qui s'efface,
Sur la crête des flots verts
Entr'ouverts.

Elle court, rasant la rive
Fugitive,
Le long des palais caducs
Des vieux ducs;

Elle glisse, voyageuse
Oublieuse,
Sous les arches des grands ponts
Très-profonds;

Et pendant qu'au loin la folle
Barcarolle
Éclate en accents joyeux,
Sous les cieux,

Auprès du pilier sonore
Semble encore
Gémir l'appel d'une voix
D'autrefois.

Aujourd'hui, sur le flot sombre,
Où, dans l'ombre,
Repose maint trépassé
Du passé,

Les donneurs de sérénades
Et d'aubades
Passent, narguant les verrous
Des jaloux;

A l'écho des mandolines
Argentines,
S'ouvrent les balcons discrets
Et coquets,

Où les Signoras charmantes,
Sous leurs mantes,
Et l'amour dans leurs grands yeux
Curieux,

Inclinant leur cou de cygne,
Font un signe,
Un doux signe au gondolier
Familier.

Puis, au passage, on échange
Une orange,
Et l'on éveille un ami
Endormi;

On sourit à la Madone,
Et l'on donne
Une aumône au mendiant
Suppliant;

Ou l'on poursuit à la chasse
Dans l'espace
L'essaim des papillons blancs
Voltigeants.

Le Zéphyr brûlant qui ride
L'air limpide
S'imprègne du souffle amer
De la mer;

Et dans sa course indolente,
Nonchalante,
La gondole suit sans fin
Son chemin,

Depuis l'instant où l'aurore
S'évapore
Au premier éclair vermeil
Du soleil,

Jusqu'à l'heure où sur la ville
Immobile
S'étend le calme sans bruit
De la nuit.

CONSOLATION

TRADUIT DE L'ESPAGNOL.)

Tu crus que la mer était ton berceau,
Et tu t'endormis tranquillement dans son sein.
La fortune pour toi n'a pas été petite
De te réveiller dans la gloire tout à coup.
Fille de l'âme, il n'y a aucune existence
Qui ne soit en proie à la fureur d'un courant,

Et s'il est, hélas! dans notre destinée d'être noyé,

Le flot de la mer vaut mieux encore que celui des larmes,

Car il est moins amer.

MARIA CORONADO.

(En souvenir de la fille d'un ministre espagnol qui se noya en se baignant sur la côte basque.)

CONSOLATION

Tu pris pour ton berceau la vague souriante,
Enfant, et tu voulus dormir sur les flots bleus,
Mais Dieu t'a réveillée heureuse et triomphante
Dans l'éternel azur de l'océan des cieux.

Il n'est personne, hélas! ô fille de mon âme,
Qui ne lutte ici-bas contre un courant maudit,
L'homme est un naufragé que toujours une lame
Assiége, furieuse, et parfois engloutit;

Et si notre destin veut qu'elle nous entraîne,
Mieux vaut encor périr dans le sein de la mer,
Que noyés dans les pleurs de la souffrance humaine,
Car la mort est moins triste et le flot moins amer.

RECONNAISSANCE

> Vis, et formons ensemble une même famille,
> Que mon père ait un fils et ta mère une fille.
>
> (ANDRÉ CHÉNIER.)

Heureux celui qui trouve au début de la vie,
Quand son œil inquiet mesure le chemin,
L'asile souhaité d'une maison amie,
Et l'espoir sur le seuil pour lui tendre la main!

Heureux encor celui qui dans sa fleur première,
Au lieu d'errer sans but et d'aller devant soi,
A vu, comme Tobie, un ange de lumière
Descendre à ses côtés et lui dire : « Suis-moi,

Viens : je te conduirai vers la vierge choisie
Dont le cœur désormais doit battre auprès du tien,
Et dont la destinée, avec la tienne unie,
Enchaînera vos jours dans un même lien. »

Celui-là seulement jouit de sa jeunesse,
Qui ne la livre pas au vent des passions,
Qui ne s'égare point, voyageur en détresse,
Sur l'océan fangeux des dépravations,

Mais qui résolûment se sauve du naufrage,
En cherchant de bonne heure un port tranquille et sûr,
Et vient plier sa voile au paisible rivage
Où la vague est moins haute et l'horizon plus pur.

Oui, voilà le salut et voilà l'espérance,
L'infaillible secret d'être toujours heureux,
Il n'est point ici-bas de meilleure science,
Hors de là, tout est vain et tout est dangereux.

L'homme n'est pas créé pour vivre solitaire,
Et, lorsqu'il le vit seul dans le monde naissant,
Dieu, qui l'avait pétri du limon de la terre,
Fit un être nouveau qu'il tira de son flanc.

Et le premier époux et la première femme
Habitèrent tous deux le séjour enchanté,
Et le Maître suprême éveilla dans leur âme
L'instinct mystérieux de la paternité.

—

Et depuis, les enfants des hommes,
Dociles à l'ordre divin,
Sur ce coin d'argile où nous sommes,
Célèbrent l'éternel hymen.
La grande voix de la nature
Rappelle à toute créature

L'œuvre auguste du premier jour,
Et nous redit la loi féconde,
Qui fait encor vivre le monde
Par l'attrait puissant de l'amour.

***

Ah! malheur à l'être inutile
Qui s'est tristement desséché,
Ame perverse ou cœur stérile,
Dans l'égoïsme ou le péché!
Il manque à la loi souveraine,
Il brise un anneau de la chaîne
Qui nous lie à l'humanité;
Qui donc, à l'heure du voyage,
Suivra cet oiseau de passage
Au pays de l'éternité?

*
* *

Mais comme on voit deux tourterelles
Se partager le même nid,
Les deux cœurs des époux fidèles
Se confondent dans l'infini;
Tous deux n'ont plus qu'une existence
Qu'anime la même espérance,
Et que remplit le même bien,
Qu'un même souffle pour se dire :
Est-ce ton âme qui soupire?
Ou la mienne? Je n'en sais rien.

—

Voilà pourquoi je veux, mon père, et vous, ma mère,
Vous rapporter ma joie et vous dire, merci,
Grâce à vous, j'ai franchi la porte hospitalière
Où mes yeux avaient lu : Le bonheur est ici.

Et vous m'avez ouvert le cercle de famille,
Vous m'avez accueilli comme un dernier enfant,
Quand j'ai pris dans ma main la main de votre fille,
Quand son bras s'est posé sur mon bras triomphant.

Le Seigneur a rendu notre union heureuse,
Un rayon de sa grâce est descendu sur nous,
Il a fait tressaillir la maison orgueilleuse
Au cri du premier-né bercé sur nos genoux.

Et désormais mon âme est contente, le rêve
Que formait ma jeunesse est enfin accompli,
L'enfant nouveau venu le couronne et l'achève,
Mes vœux sont satisfaits et mon espoir rempli.

Je n'ai plus qu'à vieillir, et d'année en année
A vivre dans les miens groupés autour de moi,
A poursuivre ma route et finir ma journée
Avec la même ivresse et dans la même foi.

Lorsque viendra le soir et qu'au terme suprême,
Pèlerin fatigué, je devrai m'endormir,
Dans un dernier adieu j'étreindrai ceux que j'aime,
J'emporterai là-haut un dernier souvenir;

Puis je les attendrai dans la sphère étoilée
Où tous les cœurs aimants se rejoindront un jour,
Dans cette inséparable et divine assemblée
Qu'éclaire le foyer de l'éternel amour.

II

LA PATRIE

A LA MÉMOIRE

D'HENRI REGNAULT

Ostendent terris hunc tantum fata, neque ultra
Esse sinent.

(VIRGILE.)

Toi qui vins affronter un trépas héroïque
Sur l'arène sanglante où luttaient nos soldats,
Comme ces demi-dieux que l'épopée antique
Montre, livrant leur tête aux fureurs des combats :

Memnon, fils de l'Aurore et beau comme sa mère,
Le puissant Sarpédon, issu de Jupiter,
Tous ces victorieux qu'a célébrés Homère,
Fauchés, en pleine fleur, par le tranchant du fer;

Toi qu'Athène eût chanté par la bouche d'Eschyle
Illustre entre tous ceux tombés à Marathon,
Que Polygnote eût peint sur les murs du Pœcile,
Pour garder ta mémoire et consacrer ton nom;

Toi que l'Art désolé regrette, et que la France,
Jetant un crêpe noir sur tes premiers tableaux,
Pleure, toi que semblait couronner l'Espérance,
Et dont la mort aveugle a brisé les pinceaux;

Sois du moins salué prince de la jeunesse
Par tous les jeunes gens qui ne t'ont point connu,
Et reçois aujourd'hui l'hommage que t'adresse
Le plus humble d'entre eux et le dernier venu.

Peintre, sois notre gloire et reste notre maître,
Héros, vis à jamais dans notre souvenir,
Et que toujours nos yeux croient te voir apparaître
Pour nous montrer la route et nous y soutenir.

Tu n'avais point assez de répandre ta flamme
Sur la palette ardente où vivaient les couleurs,
Mais dans les jours mauvais tu parlais à notre âme
Un langage viril qui retrempait les cœurs.

« Nous avons, disais-tu, vu tomber bien des hommes,
Il faut donc les refaire et meilleurs et plus forts,
Et c'est notre devoir à tous, tant que nous sommes,
De regarder souvent la terre où sont les morts.

« Que ces rudes leçons ne soient point inutiles :
Jeunesse, lève-toi, renonce désormais
A tes légèretés, malsaines ou futiles,
Porte tes yeux plus haut vers de plus fiers sommets!

« La France attend de nous maintenant une vie
Laborieuse, austère, et dont l'humanité,
Plus tard, quand notre tâche à nous sera remplie,
Soit orgueilleuse, après en avoir profité.

« Vivre pour soi n'est rien, et ce n'est quelque chose
Que pour qui sait mourir un jour en embrassant
Le drapeau glorieux de quelque grande cause,
Dût-elle lui coûter le plus pur de son sang! »

Tu l'as fait : tu voulus donner le bon exemple,
Mais les destins jaloux t'ont surpris en chemin,
Et t'ont précipité sur les marches du temple
Où t'attendait la Gloire, une palme à la main.

Eh bien! nous dresserons nous-mêmes ta statue,
Et ton nom parmi nous sera toujours nommé :
N'es-tu pas un de ceux qu'aucun destin ne tue,
Soldat de Buzenval, peintre de Salomé?

Adieu! Repose en paix au seuil du sanctuaire,
Et dors superbement de ton dernier sommeil,
Jeune aigle, qu'une balle a frappé dans ton aire,
Mais dont les yeux déjà regardaient le soleil.

Nous avons enterré ta dépouille mortelle,
Mais, plus haut, dans la sphère où rayonne Celui
Qui verse à tous les cieux la lumière éternelle
Dont le reflet divin dans ton œil avait lui,

Léonard, Raphaël, Michel-Ange, Corrége,
Rubens et Titien, tes maîtres, tes amis,
Ouvrant pour t'accueillir leur sublime cortége,
T'offrent le rameau d'or que tu t'étais promis.

MESSÉNIENNE

(TRADUCTION DE TYRTÉE)

... Mares animos ad Martia bella
Versibus exacuit.

(HORACE.)

Gloire au soldat qui tombe en la mêlée ardente,
Et qui, debout au premier rang,
Comme un brave, reçoit la mort sans épouvante,
Son glaive au poing, rouge de sang.

Mais honte sur celui qu'une lâche prudence
Retient à l'heure du danger,
Qui forfait au devoir, et livre sans défense
Aux insultes de l'étranger,

Rendant son nom infâme et sa race flétrie
Par cet abandon odieux,
Le sol inviolé de la mère patrie,
Son foyer, sa ville et ses Dieux!

Il va traîner au loin le poids de sa misère,
Et s'arrête au bord du chemin,
Pour nourrir ses enfants, sa femme et son vieux père
Mendiant un morceau de pain;

Sans foyer, sans patrie, errant de ville en ville,
Mais par tous les hommes chassé,
C'est en vain qu'il essaie une plainte inutile,
L'œil humide et le front baissé;

Car l'opprobre a laissé sur sa joue une tache
Que ses pleurs n'effaceront pas,
La peine au pied boiteux le poursuit, et s'attache,
Infatigable, à tous ses pas.

Tour à tour abreuvé de mépris ou d'injures,
Il souffre la faim et le froid,
Et pour lui faire affront, avec de sourds murmures,
Les enfants le montrent au doigt.

Donc, sans nous soucier de la Parque fatale,
Marchons, hardis et confiants,
Pour défendre les murs de la ville natale
Et les berceaux de nos enfants.

Combattons de pied ferme, en colonnes serrées,
Et présentons de toute part
Au choc de l'ennemi nos lances acérées,
Comme un formidable rempart.

Allez, ô jeunes gens, et jouez votre vie,
Descendants d'illustres aïeux,
Si la clarté du jour vous doit être ravie,
Tombez à la face des Cieux,

Sans jeter votre épée et sans tourner la tête,
Comme il sied aux hommes de cœur,
Et que votre grande âme, au péril toujours prête,
Reste inaccessible à la peur.

Surtout ne fuyez pas, en laissant par derrière,
Dévoués aux glaives sanglants,
Vos compagnons blessés, gisant dans la poussière,
Ou les vieillards à cheveux blancs.

Certes c'est une chose infâme et criminelle,
Même au milieu des ennemis,
De leur abandonner la dépouille mortelle
Et les armes de ses amis;

Mais sachez qu'il n'est pas de plus lâche conduite,
Pour un homme et pour un soldat,
Que de quitter son poste et de prendre la fuite,
En tournant le dos au combat,

Quand il voit près de lui les vieillards d'un autre âge,
Toujours fiers, toujours en avant,
Avec moins de vigueur montrer plus de courage.
Et mourir, frappés par devant.

Or, c'est aux jeunes gens qu'il sied d'être intrépides
Et, fermes sous leur bouclier,
De soutenir l'effort des lances homicides,
Sans s'émouvoir et sans plier.

Il est beau, dans l'éclat de sa verte jeunesse,
Le guerrier digne de renom,
Et les lèvres en fleur des Filles de la Grèce
Aiment à murmurer son nom :

Mais plus superbe encore est son mâle visage
Quand le front haut et l'œil en feu,
Il agite sa lance et sème le carnage,
Fort et terrible comme un Dieu,

Lorsqu'il se précipite en la mêlée ardente,
Et que, debout au premier rang,
Commé un brave, il reçoit la mort sans épouvante,
Son glaive au poing, rouge de sang.

GLORIA VICTIS

(En souvenir de mon camarade Georges Lemoine,
tué à la bataille de Champigny.)

Di patrii, quorum semper sub numine Troja est,
Non tamen omnino Teucros delere paratis,
Cum tales animos juvenum et tam certa tulistis
Pectora...

(VIRGILE.)

Le jour tombait: c'était le soir d'une bataille.
Un soldat, un enfant, blessé par la mitraille,
Râlait; ses compagnons autour de lui couchés,
Pareils à des épis que l'orage a penchés,
Jonchaient le sol, couvert de leurs armes brisées.
L'enfant alors, sentant ses veines épuisées

Se glacer lentement sous le froid de la mort,
Pour se mettre à genoux fit un suprême effort.
Il voulut, soulevant le bord de sa paupière,
Chercher encore au ciel la vie et la lumière,
Et, promenant ses yeux sur l'horizon vermeil,
Il sourit tristement à son dernier soleil.

Le soleil disparut. Au milieu du silence
De la nuit, qui jetait partout son voile immense,
Comme un manteau funèbre où dormaient, confondus
Dans l'éternel repos, et vainqueurs et vaincus,
On entendait au loin, grondant par intervalles,
Le bruit sourd du canon qui répondait aux balles
Qu'envoyaient au hasard, la rage dans le cœur,
Nos soldats en retraite à l'ennemi vainqueur.
Puis, par instants, c'était, déchirant l'ombre noire,
La plainte d'un blessé qui demandait à boire,
Et le hennissement furieux des chevaux
Effarés, et soufflant le feu par les naseaux,

Qui, privés de leur maître, erraient à l'aventure;
Ou le croassement des corbeaux en pâture;
Ou le pas attardé de ces rôdeurs de nuit
Que le carnage attire et que la mort nourrit.

Cependant tout autour la nuit était sereine,
Les rayons de la lune, en éclairant la plaine,
Semblaient rendre le calme à ces champs dévastés,
L'étoile répandait ses tremblantes clartés,
Et les souffles du vent glissaient dans le feuillage.
Soudain, l'enfant se prit à songer au village,
Où sa mère, pensive et triste, au coin du feu,
Recommandait son fils à la grâce de Dieu.
Il revit le jardin, l'enclos et la chaumière,
Où, dans ce même instant, revenait son vieux père,
Courbé sous la fatigue et le front en sueur;
Puis son frère, plus jeune, et la petite sœur
Qu'il avait embrassée, au départ, quand la France,
Envahie, appelait les siens à sa défense:

La fillette s'était attachée à ses pas,
Et lui, tout en pleurant, disait : « Ne pleure pas,
Je reviendrai bientôt, à la fin de la guerre. »
Mais voici que la mort, de sa faux meurtrière,
Implacable, tranchait la fleur de son printemps,
Et qu'il allait mourir, avant d'avoir vingt ans!

Il revit, car alors, comme en un doux mirage,
Passait devant ses yeux, mouillés de pleurs, l'image
De tous ces chers objets d'un tendre souvenir,
Et le banc, où jadis il aimait à venir,
Pour y parler d'amour avec sa fiancée;
Et les danses du soir, et la fête passée
Où le ménétrier, debout sur un tonneau,
A ses airs d'autrefois égayait le hameau ;
Puis la salle d'école et l'église rustique,
Et, tout près, l'humble toit du presbytère antique
Où le bon vieux curé les avait réunis
La veille de partir, et les ayant bénis,

Leur disait: « Mes enfants, le pays vous réclame,
Donnez-lui, s'il le faut, votre sang et votre âme.
Allez, l'honneur commande et veut être obéi. »
Comme pour témoigner qu'il n'avait point failli,
L'enfant blessé serra d'une main frémissante
Sa crosse de fusil encor toute sanglante,
Puis ouvrant sa tunique, il prit entre ses doigts,
Afin de les baiser une dernière fois,
La médaille bénite et le saint scapulaire
Que pour lui dans la toile avait cousus sa mère.

Mais déjà ses regards se voilaient; par moments
Couraient dans tout son corps de longs frissonnements.
Alors, il lui sembla, des voûtes éternelles
Voir descendre vers lui, déployant ses deux ailes,
Un ange qui le prit doucement dans ses bras.
Bientôt, fermant ses yeux aux ombres du trépas,
Le blessé se laissa retomber sur la terre;
Mais avant de mourir, couché dans la poussière

Où son sang, goutte à goutte, achevait de couler,
Rassemblant sa vigueur, comme pour exhaler
Son âme de soldat dans un défi suprême :
Gloire aux vaincus! dit-il, adieu, tout ce que j'aime;
Drapeau, parents, foyer, que je croyais revoir,
Je ne vous verrai plus, mais j'ai fait mon devoir!

LA FRANCE

> Duris ut ilex tonsa bipennibus
> Nigræ feraci frondis in Algido,
> Per damna, per cædes, ab ipso
> Ducit opes animumque ferro.
>
> (HORACE.)

Dix siècles ont passé sur notre douce France,
Siècles de dure épreuve et de constant labeur,
Apportant avec eux la joie ou la souffrance,
La gloire du triomphe ou l'affront du malheur.

Depuis que Charlemagne est couché dans sa tombe,
Et que les douze pairs dorment à Roncevaux,
Ouvrière indomptable, elle marche ou succombe
Sous le poids éternel de ses rudes travaux.

***

Terre vaillante et généreuse,
Souveraine des nations,
Ou vaincue ou victorieuse,
Ton front dépasse tous les fronts.
C'est pour toi que ton Charlemagne
Tenait la plaine et la montagne,
Terrible et forçait l'Allemagne
A se courber sur son chemin ;
Pour toi que ses barons épiques
A l'écho des vieilles chroniques,
Jetaient de leurs noms héroïques
L'éclat bruyant et surhumain.

*
* *

Plus tard, quand l'Europe en furie,
Sous son effort coalisé,
Abattait ton aigle meurtrie
Et foulait ton sceptre brisé,
C'est toi, guerrière, dont l'épée
Éclaira la sombre épopée
Et ne se rendit que trempée
Du plus pur sang des oppresseurs ;
Hier encore, aux jours de tourmente,
C'est toi, dont la voix expirante
Portait le trouble et l'épouvante
Dans le sein des envahisseurs.

Lève, mon cher pays, lève ta tête fière,
Dresse ton front sanglant mais non déshonoré ;
Un soleil plus brillant sort du nuage : Espère !
L'honneur sauf, tôt ou tard le reste est réparé.

Espère ! L'avenir fermera ta blessure :
Tes fils, ma douce France, ont gardé dans le cœur
Ce cuisant souvenir et cette âpre morsure
Qui font que le vaincu se venge du vainqueur.

III

L'ÉVANGILE

JÉSUS

Il allait dans toute la Galilée, enseignant dans les synagogues, prêchant l'Évangile et guérissant les malades.

(Saint Matthieu, IV.)

Lorsque le bon Jésus parcourait la Judée,
Laissant venir à lui les petits d'Israël,
Délivrant du démon la femme possédée,
Ouvrant aux malheureux le refuge du ciel,

Les peuples étonnés se pressaient sur sa route,
Les mères lui tendaient leurs enfants nouveau-nés,
Et les morts réveillés tressaillaient sous la voûte
Lugubre, où reposaient leurs spectres décharnés.

Il allait, répandant la semence divine,
Il disait : « Aimez-vous, votre Père est le mien ;
Quiconque veut me suivre et croire à ma doctrine,
Sa foi le sauvera, car le reste n'est rien. »

Il apportait à tous la parole de vie;
Une auréole d'or entourait ses cheveux,
Il marchait revêtu de lumière, et, ravie,
Jérusalem chantait l'Hosanna glorieux!

PRIÈRE

(FRAGMENT)

Dans le calme des champs, loin du bruit de la ville,
O Seigneur, j'ai relu votre saint Évangile,
Et je me demandais, en lisant, si la croix
Allait sauver le monde une seconde fois !

. . . .

. . . .

C'est que jamais le monde et jamais la patrie
N'ont eu plus grand besoin des paroles de vie,

Qui, retrempant les cœurs, sauvent les nations
De se laisser surprendre à ces tentations,
Vaincre à ce doute impur dont les folles maximes
Exaltent la révolte et poussent aux abîmes;
La vieille humanité n'a jamais vers le Ciel
Jeté de cri plus sombre et de plus triste appel;
Jamais encor le Mal, déchaîné sur la terre,
N'a plus superbement insulté le Calvaire;
Jamais il ne fallut crier plus de pardons,
Et par plus de sanglots expier plus d'affronts!

. . . .

. . . .

LE ROUGE-GORGE

Quand le Maître divin se traînait au Calvaire,
Les pieds sanglants, courbé sous le faix de la croix,
Délaissé par tous ceux qu'avaient nourris naguère
Le pain de sa doctrine et le miel de sa voix,

Seul, un petit oiseau qui le jour de la Cène
Chantait près du Sauveur et mangeait dans sa main,
Volait, comme lié d'une invisible chaîne,
Sur les pas de Jésus et suivait son chemin.

Seul, entre les amis de l'auguste victime,
Il lui restait fidèle, et, quand tout fut fini,
Que le Christ à la foule eut pardonné son crime,
Et crié vers le ciel : Lamma Sabacthani!

Alors, laissant tomber ses regards sur la terre,
Il aperçut l'oiseau, caché dans un buisson,
Qui, soupirant tout bas une plainte dernière,
Faisait monter à lui l'adieu de sa chanson.

« Sois béni, lui dit-il, puisqu'à l'heure suprême
Tu ne méconnais point celui qui t'a donné,
Lorsque mes serviteurs et mon Père lui-même
Ne me connaissent plus et m'ont abandonné. »

L'oiseau, qui l'entendit, sur la tête divine
De Jésus, dont la mort avait fermé les yeux,
Vola, puis de son front détachant une épine,
La saisit rouge encor de son sang précieux.

Tandis qu'il emportait l'épine, comme un gage
Laissé par Jésus-Christ à sa fidélité,
Une goutte de sang tomba sur son plumage,
Relique de Celui qu'il n'avait point quitté.

Depuis, le Rouge-gorge a sur sa plume noire
Comme un collier sanglant qui rappelle le jour
Où le petit oiseau, fidèle à la mémoire
Du Sauveur, en reçut cette marque d'amour.

—

Chante toujours, oiseau fidèle,
Ta chanson qu'aimait le Seigneur,
Chante l'espérance immortelle
Et le dévoûment au malheur;

Console-nous dans la souffrance,
Lorsque nous portons notre croix,
Viens ranimer notre constance,
Fais ton nid au bord de nos toits;

Viens du fond de tes solitudes,
Du silence de tes buissons,
Quand les hivers nous semblent rudes,
Nous égayer par tes chansons;

Lorsque nous cédons à l'orage,
Fixe sur nous tes petits yeux,
Comme pour nous dire : « Courage,
La récompense est dans les cieux!

« Contre le mal et ses tortures
Raidissez-vous, faites effort,
Plus ses épreuves lui sont dures,
Et plus l'homme doit être fort.

« Bientôt le soleil va paraître,
Après qu'un rayon aura lui,
Vous verrez le printemps renaître,
Les beaux jours renaître avec lui;

« Et si moi, frêle oiseau, je brave
L'hiver même où je puis périr,
Homme, fils d'un Dieu, sois plus brave,
Ton âme ne saurait mourir. »

SERMON SUR LA MONTAGNE

(Aimez-vous les uns les autres)

Un jour que le Seigneur était sur la montagne,
Après avoir prié quelque temps à genoux,
Comme il vit que la foule, à travers la campagne,
Le suivait en criant : O Maître, parlez-nous !

Il imposa silence à cette multitude,
Sembla prendre à témoin son Père dans les cieux,
Et sa bouche inspirée, avec mansuétude,
Laissa tomber ces mots miséricordieux :

« Mon royaume n'est pas pour les grands de la terre.
Heureux les innocents et les pauvres d'esprit!
Car ils seront reçus dans le sein de mon Père,
S'ils écoutent ma voix et font ce que j'ai dit.

« Heureux les patients! Car ils auront le monde,
Heureux celui qui pleure! Il sera consolé,
Car, plus son cœur est triste et sa peine profonde,
Plus, un jour, quand à lui Dieu l'aura rappelé,

« Pareil au prisonnier qui voit tomber ses chaînes
Et respire un air pur qu'il ne connaissait plus,
Délivré du fardeau des misères humaines,
Il jouira sans fin de la paix des élus!

« Heureux celui qui va loin des sentiers du vice
Et dont l'âme candide a soif de vérité!
A ses yeux dessillés l'éternelle justice
Déchirera tout voile et toute obscurité.

« Heureux encor celui dont l'âme douce et tendre
S'ouvre aux maux du prochain et sait y compatir!
Car sa propre pitié Dieu voudra la lui rendre,
Lorsqu'il aura besoin que Dieu l'aide à souffrir.

« Heureux enfin tous ceux qui supportent l'injure,
Acceptent le mépris et dédaignent l'affront
D'un peuple soulevé contre eux, et qui murmure
Les voyant passer fiers et sans courber le front!

« Car le Juge viendra, porté sur les nuées,
Reconnaître entre tous son pieux serviteur,
Et quand sa main divine, au milieu des huées,
Aura marqué sur lui le signe rédempteur,

« Il lui revêtira la robe d'innocence,
Le prendra près de soi dans son éternité,
Et, comblé des trésors de sa munificence,
Lui donnera le prix qu'il aura mérité.

« Oui, je vous le déclare, et ce n'est point mensonge,
Le ciel sera brisé, la terre périra,
Et les siècles détruits passeront comme un songe,
Mais tout ce que j'annonce un jour s'accomplira.

« Les sages d'autrefois, en instruisant vos pères,
Disaient : Ne tuez point; moi je dis à mon tour :
Quiconque parmi vous outrage un de ses frères,
Pour écouter sa haine insulte au Dieu d'amour.

« Si, lorsque vous portez à l'autel votre offrande,
Vous croyez votre frère irrité contre vous,
Allez, courez à lui, ma loi vous le commande,
Et dites-lui d'abord : Réconcilions-nous.

« On vous a dit : Aimez seulement qui vous aime,
Fuyez ceux qui n'ont pas avec vous de lien ;
Moi je vous dis : Aimez votre ennemi lui-même,
Priez pour qui vous hait et faites-lui du bien.

« Car tous n'êtes-vous point les fils d'un même père?
Dieu n'a-t-il pas voulu vous nommer ses enfants,
Lui dont l'astre répand une égale lumière
Sur la tête des bons et celle des méchants?

« Soyez parfaits, comme est votre Père céleste;
Quand vos mains s'ouvriront, pensez que seulement
Le bienfait sans éclat et l'aumône modeste
Déposeront pour vous au jour du jugement.

« Que votre charité soit obscure et discrète,
Ne cherchez pas les yeux du peuple qui vous suit,
Ne faites point sonner devant vous la trompette
Comme ces vaniteux qui n'aiment que le bruit.

« Gardez-vous d'imiter les gens de telle sorte,
Et n'allez pas prier debout aux carrefours,
Restez sous votre toit et fermez votre porte,
Le Père qui voit tout vous entendra toujours.

« Ne priez pas non plus comme les hypocrites
Dont le discours stérile importune les cieux :
Dieu, qui dans sa balance a pesé vos mérites,
Connaît ce qu'il vous faut, avant vous, et bien mieux.

« Quand vous l'invoquerez, dites-lui : Notre Père
Qui règnes dans les cieux, que ton nom soit béni,
Et que ta volonté se fasse sur la terre,
Que ton culte sacré s'étende à l'infini.

« Donne-nous ce qu'il faut pour notre subsistance,
Accorde à tes enfants le pain de chaque jour,
Et si nous pardonnons lorsque l'on nous offense,
Quand nous t'offenserons, fais-nous grâce à ton tour.

« Mais surtout, ô mon Dieu, ne livre pas nos âmes
Aux piéges dangereux que tend l'Esprit subtil,
Épure notre cœur à tes divines flammes,
Et sauve-nous du mal, ô Père, — ainsi soit-il! —

« Pardonnez, pardonnez! Un jour, en récompense,
Dieu voudra vous remettre aussi votre péché,
Tandis que si votre âme est sourde à la clémence,
Votre ressentiment vous sera reproché.

« Ne vous amassez point de trésors sur la terre
Où la rouille et les vers viennent tout consumer,
Ne vivez que pour Dieu, ne songez qu'à lui plaire,
Le seul trésor qui dure est de s'en faire aimer.

« Ne vous souciez pas de votre nourriture,
Ne vous demandez point : Qui donc me vêtira?
Faut-il s'inquiéter d'une vaine parure?
Soyez plus confiants : rien ne vous manquera.

« Regardez les oiseaux : Aucun d'eux ne moissonne,
N'entasse de récolte et n'emplit de grenier,
Mais Dieu dans sa bonté les nourrit et leur donne
Le grain de l'épi mûr et le fruit du palmier.

« Voyez encor les lys fleurir dans la vallée :
Aucun d'eux ne travaille et ne file, et pourtant
Pour prendre à l'humble fleur sa robe immaculée,
Salomon eût donné son plus beau vêtement.

« Or si Dieu fait cela pour une fleur sauvage
Dont l'inutile éclat ne doit vivre qu'un jour,
Pour vous qu'il a voulu créer à son image,
Hommes de peu de foi, que fera son amour?

« Ne jugez point, afin d'éviter qu'on vous juge,
Car, à son tribunal quand il vous citera,
La sévère équité de l'inflexible Juge
Prendra votre mesure et vous l'appliquera.

« Vous voyez un fêtu dans l'œil de votre frère :
Pourquoi l'en accuser, avant d'apercevoir
Vous-mêmes dans le vôtre une poutre grossière
Que votre faux honneur se refusait à voir?

« La porte du salut est une porte étroite,
C'est par un dur sentier que l'on entre à Sion :
Si la porte du mal est plus large, et plus droite
La route qui conduit à la perdition,

« Que celui d'entre vous, qui me suit et m'écoute,
Se garde de choisir le chemin spacieux !
Le chemin où je vais est plus rude sans doute,
Mais c'est en y marchant que l'on atteint les cieux.

« Gardez-vous bien encor de tous les faux prophètes !
Leurs discours sont menteurs autant que leurs habits :
Quand ils viendront à vous, au milieu de vos fêtes,
Chassez ces loups cruels déguisés en brebis.

« Car vous les connaîtrez aux fruits de leurs doctrines,
Comme vous connaissez les arbres à leurs dons :
A-t-on cueilli jamais le raisin aux épines,
Ou l'olive à la ronce et la figue aux chardons ?

« Et de même qu'un arbre, où la séve féconde
Fait pousser de bons fruits, sera béni par Dieu,
Tandis que l'arbre mort verra son bois immonde
Abattu par le fer et jeté dans le feu ;

« Ainsi, parmi tous ceux qui pensent me connaître,
Qui m'appellent Seigneur, et marchent sur mes pas,
Il est plus d'un pervers qui m'entendra peut-être
Dire : Retirez-vous, je ne vous connais pas.

« Mais le Juste qui sait comprendre mon langage,
Et me suit, sans que rien l'en puisse détacher,
Celui-là me paraît semblable à l'homme sage
Qui choisit pour bâtir la pierre du rocher.

« C'est en vain que la pluie assiége sa demeure,
Que les vents déchaînés ébranlent sa cloison,
Le fondement résiste et le rocher demeure,
Et l'ouragan vaincu respecte sa maison.

« Mais celui qui bâtit sa maison sur le sable
Voit son toit ravagé par les vents furieux :
Il n'en reste bientôt qu'un débris misérable
Que les souffles de l'air emportent sous ses yeux. »

—

C'est ainsi que Jésus parlait sur la colline.
Or, tout en l'écoutant le peuple l'admirait,
Car il semblait l'écho de quelque voix divine,
Et, quand il descendit, la foule l'entourait.

Comme il allait partir, après l'avoir bénie,
Un lépreux vint à lui : « Maître, guérissez-moi, »
Dit-il, et par Jésus sa lèpre fut guérie,
Et tous dans le Sauveur désormais eurent foi.

IV

LA POÉSIE

LES MUSES

... Nil suavius est bene quam munita tenere
Edita doctrina sapientum templa serena.

(LUCRÈCE.)

Muses, filles du Ciel, compagnes souriantes,
O vous, qui d'âge en âge égayez le chemin
Que traverse, en souffrant, le pauvre genre humain,
Au murmure enchanteur de vos voix caressantes;

Mères du doux loisir et des veilles ardentes
Où le feu du travail nous échauffe, où la main
Presse le livre ouvert et, du soir au matin,
S'oublie à feuilleter les pages frémissantes;

Heureux l'homme d'étude, ami de vos leçons,
Qui, sourd aux bruits du monde, écoute vos chansons,
Solitaire, et connaît votre route fleurie !

Il marche, indifférent, loin de nous, qui laissons
Un peu de notre laine aux ronces des buissons,
Et poursuit, sans nous voir, sa longue rêverie.

A M. MAZEROLLE

A PROPOS DE SON TABLEAU : « LA FILLEULE DES FÉES. »

Ut pictura poesis.

Si je savais comme Shakspeare
Rêver et dire
Ce rêve d'une nuit d'été
Qu'il a chanté,

Je voudrais le soir, à la brune,
Lorsque la lune
Éclaire d'un reflet d'argent
Le firmament,

Faire à ma voix, perdu dans l'ombre
Muette et sombre,
Pareils aux papillons de nuit,
Sortir, sans bruit,

Du calice des primevères,
Sur les clairières,
Ou de leur nid au bord des eaux,
Dans les roseaux,

Tous ces invisibles fantômes,
Peuple d'atomes,
Lutins, Démons, Nains ou Follets
Et Farfadets.

Je voudrais avoir pour marraine
La souveraine
De ce royaume où ne vont plus
Que ses élus,

Contrée heureuse qu'a choisie
La Fantaisie,
Pour déployer en plein essor
Ses ailes d'or.

C'est de là que sur notre terre,
Avec mystère,
La Reine Mab s'en vient bercer
Et caresser

Celui qui sait, amoureux d'elle,
La trouver belle,
Peintre ou poëte, esprit ailé,
Sylphe exilé,

Sujet banni de son empire,
Et qui soupire
Après quelque beau Paradis,
Perdu jadis.

Elle se cache et se transformé.
Sous une forme
Plus frêle encor qu'un diamant
Fin et brillant;

Pour lui fournir un attelage,
Robin, son page,
Arrête sur les mousserons
Deux moucherons.

L'écureuil, ouvrier magique,
Creuse et fabrique
Un carrosse dans une noix
Cueillie au bois.

L'essieu qui porte la coquille
Est une aiguille,
Et le timon un fil d'azur
Pris au ciel pur;

Et les pattes souples et grêles
Des sauterelles
Forment les rênes et les traits
De ses harnais.

C'est dans ce fragile équipage
Que Mab voyage,
Quand il lui plaît de voltiger
Dans l'air léger.

Avec elle au pays des songes
Et des mensonges,
Je voudrais, sur l'aile du vent,
Monter souvent.

Je vous y trouverais, mon maître,
Et là peut-être
Vous m'apprendriez le chemin
De l'art divin,

Vous, dont la palette enchantée
Charme la fée
Qui près de vous vient s'oublier
Dans l'atelier.

LA POÉSIE

Aimer, prier, chanter, voilà toute la vie.

Jadis, aux premiers temps des fêtes héroïques,
Lorsque des fils d'Hellé, venus de toutes parts,
Le spectacle sacré des Fêtes Olympiques
Sur l'arène poudreuse attirait les regards,
Au rhythme harmonieux des légendes antiques
Le poëte charmait les héros, fils de Mars,

On le disait issu d'une noble origine,
On disait, on croyait qu'un Génie inconnu

D'une flamme céleste éclairait son front nu,
Et qu'un souffle plus large emplissait sa poitrine,
Comme l'enfant chéri de la Muse divine,
Il était l'hôte auguste et l'ami bienvenu.

Est-il vrai qu'aujourd'hui les temps sont à la prose,
Que la terre est stérile et le monde trop vieux,
Et que la Muse en deuil est remontée aux cieux,
Effeuillant les débris de sa dernière rose
Sur les pâles enfants de ce siècle morose
Que ronge tristement l'ennui silencieux?

Est-il vrai, dites-moi, que la matière impure
A chassé l'Idéal du palais enchanté
Où sur son trône d'or rayonne la beauté,
Que nous n'admirons plus ni Dieu ni la nature,
Et que nous n'aimons plus entendre le murmure
Du rossignol plaintif durant les nuits d'été?

Est-il vrai qu'à vingt ans, quand l'âme épanouie
S'ouvre comme la fleur aux rayons du soleil,
Quand notre cœur est vierge et notre sang vermeil,
Nous mettons notre orgueil à jouir de la vie,
Comme le débauché, dont la lèvre rougie
Boit dans un trait de feu l'ivresse et le sommeil?

Non, non : je ne crois pas que notre vieille mère
Donne à ses nouveau-nés un sang plus appauvri,
Ni que l'arbre de vie à ce point soit flétri
Que son bois desséché jonche partout la terre :
Sur le tronc immortel la séve nourricière
Fait pousser d'âge en âge un bourgeon plus fleuri.

Depuis que, sur la route où les peuples sans nombre
Se heurtent, noir troupeau qui se perd dans le bruit,
L'humanité s'agite et que Dieu la conduit,
Les poëtes, élus du ciel, tiennent dans l'ombre

Le flambeau dont l'éclair traverse la nuit sombre,
Et guide à sa lueur la foule qui les suit.

Orphée aux antres sourds des forêts de la Thrace
Apprend à renvoyer l'écho mélodieux ;
Adoucis par ses chants les lions furieux
Comme un berger divin le suivent à la trace,
Et les souffles ailés s'arrêtent dans l'espace
Aux doux frémissements du luth harmonieux.

Amphion, inventeur de la lyre thébaine,
Fait écouter le marbre et comprendre le bois,
Et des murs merveilleux s'élèvent à sa voix :
Symbole toujours vrai de l'industrie humaine
Dont la muse nous aide à supporter la peine,
omme l'oiseau du pauvre en chantant sur les toits.

Et toi, chantre guerrier des œuvres de l'épée,
Toi que la Grèce ancienne a placé dans les cieux,

Rapsode vagabond des siècles fabuleux
Où l'âme des héros, plus forte et mieux trempée,
Puisait dans le flot pur de l'ardente épopée
L'audace impétueuse et sereine des Dieux :

Salut, fils préféré de la Muse immortelle !
Tant qu'une bouche humaine épellera ton nom,
Et que nous frémirons au toucher de ton aile,
Comme aux feux du matin la pierre de Memnon,
Rien ne saurait tarir cette source éternelle
Où les Grecs ont chanté que buvait Apollon.

Et que fait après tout qu'un siècle moins crédule
Ait détrôné l'Olympe et dévasté les Cieux,
Que la Mythologie et son peuple de Dieux
Semblent aux enfants même un conte ridicule,
Que l'homme ait dépassé les colonnes d'Hercule
Et refuse de croire aux fables des aïeux !

Qu'importe si les bois ont vu fuir les Dryades,
Si les Nymphes des eaux ont quitté le flot clair,
Si les Zéphyrs légers ont disparu de l'air,
Et si Bacchus, suivi du troupeau des Ménades,
Ne vient plus égarer ses folles promenades
Sur les monts embaumés des brises de la mer!

Qu'importe si la nuit couvre de son nuage
La mer où nous courons, passagers éperdus,
Et jette à l'ouragan nos spectres confondus!
Le poëte dispute et reprend au naufrage
Le rameau d'or sacré qu'il rapporte au rivage,
Comme le Camoëns ses manuscrits perdus.

Lorsque d'un peuple usé la lumière affaiblie
Décroît, se couche et meurt à l'horizon humain,
Une aurore nouvelle éclaire le matin;
Quand l'astre grec pâlit, le soleil d'Hespérie

Se lève plus brillant sur la jeune Italie,
Et Virgile apparaît, une lyre à la main.

Alors, au lendemain des discordes civiles,
Les hommes recueillis entendent une voix
Qui domine le bruit tumultueux des villes,
Et du palais d'Auguste aux profondeurs des bois
Chante la paix rustique et ses loisirs tranquilles
Ou les chocs effrayants des héros d'autrefois.

Horace, souriant sous les fleurs odorantes,
A la saison joyeuse où revient dans l'air pur
L'hirondelle d'avril, hôtesse de Tibur,
Se laisse caresser aux muses nonchalantes,
Et rêve à la fraîcheur des sources transparentes
Qui nuancent les prés de leurs veines d'azur.

Ainsi d'un peuple à l'autre et de la Grèce à Rome,
Puisque partout notre âme espère, prie et croit,

L'héritage sacré se transmet et s'accroît,
Et, quel que soit le nom dont le monde la nomme,
L'étoile lumineuse éclate au front de l'homme
Que le Dieu du génie a marqué de son doigt.

Ni le fer, ni le temps, ni la mort elle-même
Ne peuvent renverser l'éternel piédestal,
Plus brillant que le jour, plus dur que le métal,
Où debout, couronné d'un royal diadème,
Le poëte survit à la fuite suprême
Des siècles abîmés dans le gouffre fatal.

Voici que tout à coup le vieux monde s'écroule,
Qu'effondré sourdement l'empire des Césars,
Comme un amas pourri d'armures et de chars,
Tombe, sous les assauts répétés de la houle
Dont le flot menaçant vient du Nord et s'écoule
Sur les peuples détruits et les sceptres épars.

Et pendant trois cents ans, cette mer de Barbares
Sur l'Europe inondée étend son noir linceul,
L'herbe cache les murs et pousse sur le seuil
Du temple solitaire, où les lampes avares,
De leurs feux, chaque jour plus pâles et plus rares,
Dorent l'autel brisé de la Muse au cercueil.

Lazare, lève-toi! Réveille-toi, poëte!
A la voix de Jésus marche hors du tombeau,
Car de la nuit profonde et de l'horreur muette
On voit monter au ciel l'aube d'un jour plus beau :
Dieu t'appelle, réponds, et que l'hymne de fête
Aux hommes rajeunis chante un siècle nouveau.

Et déjà l'Univers tressaille; sur la lyre
Vibre, au pied de la croix, un chant religieux,
Un cantique d'amour, et si mélodieux,
Qu'à l'entendre on croirait un ange qui soupire

Invisible, et qui vient ou pleurer ou sourire
Dans l'airain palpitant des grands orgues pieux.

Dans cette ère de foi, l'antique poésie
N'est plus le jeu brillant d'un instant de loisir,
Le songe d'un rêveur qui cherche son plaisir
Et promène au hasard sa libre fantaisie
Sur les mille côtés du prisme de la vie,
Avec l'illusion d'un inconstant désir.

Mais c'est le cri vivant de la pauvre âme humaine,
Qu'émeut l'espoir fervent d un avenir meilleur,
Le bonheur entrevu de la paix souveraine
Qu'à l'homme racheté promet le Rédempteur,
L'effroi mystérieux de l'ombre souterraine
Où les désespérés entraînent le pécheur.

Et Dante, frémissant, l'œil fixe, le front pâle,
Descend au noir séjour qu'habitent les maudits,

Près du fleuve de mort où pleurent engloutis
Les réprouvés, errant dans la nuit sépulcrale,
Et, loin des bords affreux de la rive infernale,
Monte avec Béatrix, au divin paradis.

Mais bientôt d'autres temps sont venus, et Byzance
A l'Europe chrétienne apporte le trésor
Si longtemps enfoui de l'antique science,
La Muse au flot sacré trempe sa coupe d'or,
Et, le regard tourné du côté de la France,
Dans de plus larges cieux prend un plus libre essor.

C'est l'époque féconde où peintres et poëtes
Jettent au vent l'écho de leurs noms glorieux,
Enchantent la pensée ou ravissent les yeux,
Et l'âme consumée aux flammes inquiètes
Que l'art, esprit de feu, souffle dans ses prophètes,
Ouvrent à l'Univers l'infini radieux.

Puis la France, à son tour, sur la route éternelle
Où marchent aux progrès les générations,
S'avance, et ruisselant d'une splendeur nouvelle
Le siècle de Louis fait sur les nations
Jaillir superbement la lumière immortelle
Qui nous éclaire encor de ses derniers rayons.

Je sais que les Docteurs de l'École moderne
Ne trouvent rien de beau de ce que l'on a fait
Durant les jours si pleins de ce siècle parfait,
Et se vantent d'aller du bouge à la taverne,
Comme le vieux cynique aux feux de sa lanterne,
Fouiller l'ordure humaine au bout de leur crochet.

En est-il donc moins vrai que notre grand Corneille
Fasse bondir notre âme aux accents surhumains
De ces héros pétris dans ses puissantes mains,
Que du Cid triomphant la pompeuse merveille

Illumine à jamais notre scène et réveille
Le théâtre envahi de spectacles malsains?

Que Molière, Racine et le bon La Fontaine,
A l'ombre du laurier toujours vert, à côté
De tous les demi-dieux du panthéon d'Athène,
Et du chœur des élus de la Muse romaine,
Vivent, comme Chénier d'Homère l'a chanté,
Encor jeunes de gloire et d'immortalité?

Soyons fiers de leur œuvre et dignes de leur gloire,
Car nous sommes leurs fils et c'est d'eux que descend
Sur notre cher pays l'éclair éblouissant
De leurs grands noms inscrits au temple de mémoire
Auprès des noms guerriers que la main de l'histoire
Sur notre Livre d'or trace en lettres de sang.

Et nous, les héritiers des maîtres d'un autre âge,
Qui vivons après eux et marchons sur leurs pas,

N'avons-nous donc plus rien à chanter ici-bas,
Et l'homme d'aujourd'hui, triste oiseau de passage,
Serait-il emporté par le vent de l'orage
Dans un nouveau déluge où Dieu ne l'entend pas?

Mais, quand même une voix lui dirait: Marche, marche!
Poursuis ton dur voyage, éternel pèlerin!
Comme on vit autrefois la colombe de l'arche
Revenir, apportant aux fils du patriarche
La branche d'olivier, gage d'un jour serein,
La Muse chanterait sur le bord du chemin.

D'ailleurs tout n'est-il pas matière à poésie
Pour celui qui veut lire en lui-même, et qui sait,
Dans le chaos changeant de ce monde imparfait,
Suivre l'humanité sur sa voie infinie,
Marcher avec son siècle et vivre de sa vie,
Puis dire ce qu'il pense et peindre ce qu'il fait?

Si le cœur suffisait pour me rendre poëte,
Je dirais : Écoutons le bruit des temps nouveaux,
Pleurons la France en deuil et sa pourpre en lambeaux,
Pleurons, sans désespoir, l'affront de la défaite,
Et chantons, sans orgueil, l'espérance secrète
Qui lève tôt ou tard la pierre des tombeaux.

Je voudrais m'inspirer des vers du vieil Eschyle,
Je dirais avec lui : Xerxès victorieux
A brûlé l'Acropole et le temple des Dieux,
Les Perses ont meurtri le Laurier de la ville,
Mais, même s'il nous faut combattre un contre mille,
Le fer nous vengera de ces audacieux.

Je chanterais encor la joie et la souffrance,
Je chercherais la clef du problème fatal
Que pose à notre temps le sombre esprit du mal,
Et comme Faust, ému d'une âpre jouissance,

Dans le lait maternel de la nature immense
J'abreuverais mon cœur altéré d'idéal.

Mais sans monter si haut et sans quitter la terre,
Dites-moi, les sujets manquent-ils à nos chants?
La muse est-elle sourde aux nobles sentiments?
A-t-elle désappris son divin ministère,
Et ne sait-elle plus consoler la misère
Ni répandre de pleurs aux spectacles touchants?

Elle l'a fait — Eh bien! puisqu'elle est nécessaire
A notre âme qui souffre et qu'elle aide à souffrir,
Puisqu'elle est pour nous tous une amie, une mère,
Qui plaint notre infortune et qui sait la guérir,
Puisqu'elle nous console, elle ne peut se taire,
Puisqu'elle nous fait vivre, elle ne peut mourir!

Gloire à toi, Déesse immortelle,
Ange céleste, oiseau béni,
Abrite toujours sous ton aile
Ce monde où l'homme fait son nid.

Chante-nous, ô consolatrice,
Le doux chant qui berce le cœur,
Épanche sur nous le calice
De ta bienfaisante liqueur;

Daigne vers nous, aimable Fée,
Descendre de ton char vermeil,
Avec la goutte de rosée
Et sur le rayon du soleil;

Viens alléger notre misère
Et soutenir nos pas tremblants,
Viens dire à la douleur : Espère !
Et dire au désespoir : Attends !

Sois comme l'abeille divine
Qui met sur nos lèvres son miel,
Sois l'étoile de la colline
Dont la lumière mène au Ciel !

Sois le doux rêve et l'ombre amie
Dont le sourire séduisant
Dissipe la triste insomnie
Et chasse l'ennui malfaisant ;

Sois le murmure et sois la plainte
Qui tressaille au fond de nos cœurs,
Lorsque l'espérance ou la crainte
Fait ruisseler nos yeux en pleurs ;

Mais de quelque nom qu'on t'appelle,
Sois toujours pour chacun de nous.
O Muse ! l'Idée éternelle
Qu'on doit adorer à genoux,

L'Esprit pur, l'Essence et le Verbe,
La gerbe d'or dans le sillon
Où l'astre éclaire le brin d'herbe,
Où Dieu fait chanter le grillon ;

Et que vers ta sphère infinie
Notre âme élève jusqu'à toi
Dans la prière et l'harmonie
Un hymne d'amour et de foi.

FIN.

TABLE

II. — LA PATRIE.

III. — L'ÉVANGILE.

IV. — LA POÉSIE.

FIN DE LA TABLE.

PARIS. — Impr. J. CLAYE. — A. QUANTIN et Ce, rue St-Benoît.

A. Quantin imprimeur
r. S. Benoit. 7. à Paris

www.ingramcontent.com/pod-product-compliance
Ingram Content Group UK Ltd.
Pitfield, Milton Keynes, MK11 3LW, UK
UKHW031856260826
14628UKWH00002B/813